내가
나로서
나답게!

따가이써틀
엄유진 드림

펀자이씨툰

순간을 달리는 할머니

1

얘, 내가 말이다.
두 명 이상의 사람들이
모이기만 하면

그 안에서 제일
똑똑한 사람인 것처럼 느껴질
때가 있었거든?

그런데 지금은
두 명 이상의 사람들이 모이면

펀자이씨툰 별책부록

순간을 달리는 할머니

별사랑 만화책

글·그림 엄유진

문학동네

차례

FIN.

부담스러울 정도로
들뜬 상태이므로

집중력을 요하는
교란작업으로
진정시킨 후

모친을 접견한다.

그 즈음 부친이 등장하신다.

그래, 내가 듣기에도 그 유산 상속 시리즈 농담은 수준이 좀 낮아.

그리고 유산은 생색내라고 있는 게 아냐. 상속하라고 있는 거지.

나를 봐.

나는 생색내지 않는다.

다만 상속할 뿐.

근심이 웃음으로 치환되는 순간들.   FIN.

엄마에게는 첫번째 농담이지만

아빠에겐 여덟 번째 농담.

내가 몇 번을
대답해야 알겠어.

당신을 처음 본 순간 다 안 것 같았어.
아주 오래전부터 알던 느낌이 들었어.
높은 산 위에 맑은 바람이
불어가는 느낌이었어.
지금도 난 당신을 그때보다
더 안 것이 없어.

FIN.

큰 삼촌

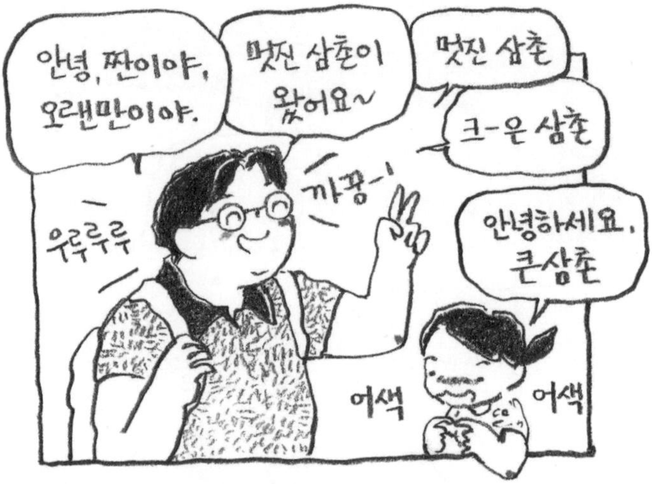

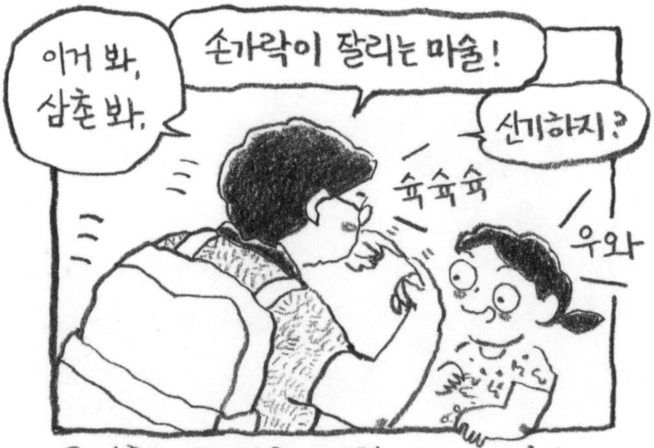

큰 삼촌은 낯가림을 기다릴 시간이 없다.

한국에서의 한 달이 쏜살처럼 지나가기 때문이다.

그런 크우 삼촌을 위해 찐이는 용기를 냈다.

큰삼촌과 가까워지기 위해서는
역시 큰 용기가 필요하다.

FIN.

빈
정
상
한
미
루

엄마가 전에 없이 자주
어휘 실수를 한다는 걸 오빠가 알아챘다.

얘, 진우야,
우리가 오늘

미루 모이
줬니?

그냥 넘어가도 되는걸 알면서도

엄마,
모이라니ㅋㅋ

사료겠지요.

ㅎㅎㅎ

이상하게 지적하게 된다고 했다. 그리고

멀리서 전해 들으면 비극적이고
마음이 아팠는데 곁에 있으니

이상하게도

일상이 변함없이 평화롭게 흐르는것
같았다고 한다.   FIN.

FIN.

찐 고구마
찐 고구마 맛있네.
엄마 하나 드실래요?
땡큐!
그런데 이거 엄마가 쪄놓은 거 아니니?
그럼 윤리학도에게 날카로운 질문을 하나 던지겠다.
엄마것을 엄마에게 주는 것은
효도인가 아닌가?

FIN.

칸트 찍고 데카르트 찍고 공자를 지나서

그 관점도 재미있네!

장자로 돌아온다.

장자는 도의 흐름에 몸을 맡기고, 있는 그대로 받아들이는 데에 참된 자유가 있다고 했어.

하고 싶은 대로 하는 것도 자유지만, 자신을 제대로 이해하고

자신이 세운 법칙에 종속되는 것도 어떤 의미에선 자유이지!

역설적이네요!

이야기가 길어질 땐

어김없이 한줄 정리자가 나타난다.

그들은 참된 자유인이다.

오늘 점심에 뭘 먹었는지

네가 왔었는지 기억이 안나.

5

오늘 누군가가 나 때문에
화가 났었는데
혹시 너였니?

사람들이 자꾸 나를
답답해하고 지적하는데

그 이유를 모르겠어.

하지만
기억이 안 난다는 것의
좋은 점도 있어.

내가 전에 애거사 크리스티의
추리소설을 다 읽고 나서는
이제 무슨 재미로 살아가나
했었는데, 지금 보니
기억이 하나도
안 나거든.

방금 다 읽었어도
범인이 누구인지 모르니
다시 읽기 얼마나
흥미진진하니?

편자이씨툰

순간을 달리는 할머니 1

©엄유진

초판 인쇄 2025년 6월 2일
초판 발행 2025년 6월 17일

지은이 엄유진

기획 김소영
책임편집 김지아
편집 김지애 이보은 김해인 조시은
디자인 최효정
저작권 박지영 형소진 오서영 조경은
마케팅 정민호 서지화 한민아 이민경 왕지경 정유진 정경주 김수인 김혜원 김예진 나현후 이서진
브랜딩 함유지 박민재 이송이 김희숙 박다솔 조다현 김하연 이준희
제작 강신은 김동욱 이순호

펴낸곳 (주)문학동네
펴낸이 김소영
출판등록 1993년 10월 22일 제2003-000045호
주소 10881 경기도 파주시 회동길 210
전자우편 comics@munhak.com
대표전화 031-955-8888 | **팩스** 031-955-8855

ISBN 979-11-416-0231-4 04810
       978-89-546-8850-5 (세트)

인스타그램 @mundongcomics | **카페** cafe.naver.com/mundongcomics
트위터 @mundongcomics | **페이스북** facebook.com/mundongcomics
북클럽문학동네 bookclubmunhak.com

www.munhak.com

펀자이씨툰

순간을 달리는 할머니

글·그림 엄유진

1

문학동네

차례

1장

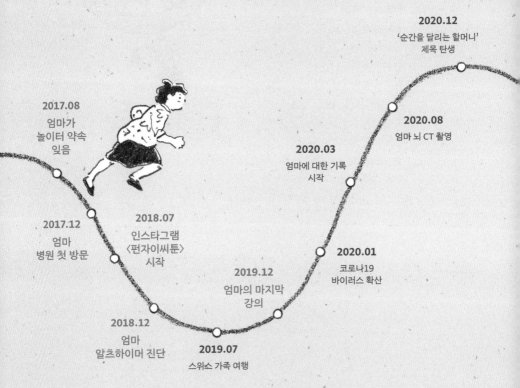

2020.12
'순간을 달리는 할머니'
제목 탄생

2017.08
엄마가
놀이터 약속
잊음

2020.08
엄마 뇌 CT 촬영

2020.03
엄마에 대한 기록
시작

2017.12
엄마
병원 첫 방문

2018.07
인스타그램
〈펀자이씨툰〉
시작

2020.01
코로나19
바이러스 확산

2019.12
엄마의 마지막
강의

2018.12
엄마
알츠하이머 진단

2019.07
스위스 가족 여행

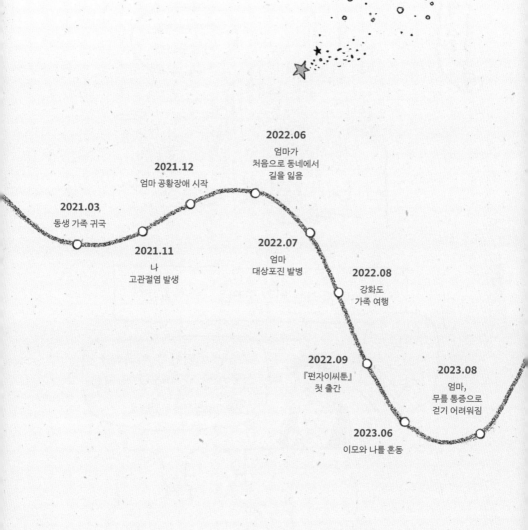

2021.03
동생 가족 귀국

2021.11
나
고관절염 발생

2021.12
엄마 공황장애 시작

2022.06
엄마가
처음으로 동네에서
길을 잃음

2022.07
엄마
대상포진 발병

2022.08
강화도
가족 여행

2022.09
『편자이씨툰』
첫 출간

2023.06
이모와 나를 혼동

2023.08
엄마,
무릎 통증으로
걷기 어려워짐

다음 날

엄마는 프리랜서 강사이지만 핸드폰이 없다.

엄마가, 그럴 리 없는데...!

FIN.

병원 가는 날

엄마, 검사 받는 걸 엾잖게 생각하지 마. 의학이 얼마나 발달했는데.

치매가 아니라 단기기억에 약간 문제가 생긴 것 뿐이래.

흥, 엉덩이를 방뎅이라고 위장하는 거니?

구슬러 데려가느라 애 많이 쓴다.

어렵게 엄마를 모시고 병원에 갔다.

신경과 앞에는
많은 사람들이
대기하고 있었다.

안지기능 평가를
해보겠습니다.

그럼 간단한
테스트를
통해

* 실제 인지기능검사 문항의 내용과 다릅니다.

긴 장

이런 검사만으로는 환자분의 정확한 상태를 파악할 수 없겠어요.

기본적으로 높은 언어수리 능력이 사라지는 기억을 커버하시는 것 같습니다.

또는 따님의 걱정이 앞서가는 것일 수도 있습니다.

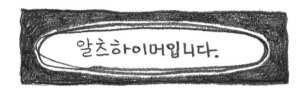

나에게 비극적이었던 그날은
한다발의 웃음과 함께했다.

엄마 아빠의 유쾌한 위트는

삶의 순조로움이나 주어진 행복으로
만들어진 것이 아니라는 생각이 들었다.

오히려 긴 세월 함께 궂은 길 위를 걸으며
단단하게 다져낸 힘에 가까웠다.

어쩌면 인생은 뜨거운 태양을 안고
빗속에서 추는 춤이다.

FIN.

동맹

네 엄마 깜박깜박이 심해져서 병원에 데려가야 하는데 늘 영리하게 빠져나가는 통에 기회를 놓쳐.

아까도 네 엄마에게 지금 '자기 합리화'를 할 때가 아니라 하니, 갑자기 '합리화'의 정의를 내리면서, 자기가 합리화 하는 게 아닌 이유를

조목조목 정리하는 거야. 순간 네 엄마가 아니라 내가 치매인가? 하는 혼란이 오더라고. 그래서 내가 나이 들수록

몸에 이상이 오지 않게 살펴야 한댔더니

이상한건 내 건강이 아니라, 내가 필요 이상으로 오래 살았 다는 사실이지.

70대 중반이 넘었는데 몸이 말짱한 게 더 이상하지 않아? 우리가 살아야 할 거보다 더 오래 살고 있다는 게 이상하지 않냐구.

그래 안그래?

아... 내가 너무 오래 살았구나~

이런 깨달음을 얻고 자빠져 있더라고. 네 엄마가 우리 둘을 합친 것보다 말을 잘 해서 병원 모시고 가기 어려우니, 우리가 동맹 을 맺자.

짝!

FIN.

45

사라지는 기억

엄마는 병원 가는 날이면 머리를 단정히 빗고 정장을 꺼내 입는다.

내가 기다리지 않도록 주차장에 미리 나오고

굳모닝 딸!

여, 내가 이 상황을 좀 시적으로 표현해도 되겠니?

물론이지!

차에 타자마자 양해를 구한다. 벌써 웃음이 날 것 같다.

원래 덜렁거리는 성격이기도 한 나는,
병원 시스템에 익숙해지기까지 시간이 걸렸다.

끊임없이 농담을 했다.

내 웃음소리가 병원에는 어울리지 않았지만, 터져나오는 웃음을 굳이 참지는 않았다.

테스트 결과는 2주 후에 나왔다.

인지기능 테스트 결과가 나왔다.

평가지는 알 수 없는 글자들로 가득했다.

네모상자 안의 길다란 막대기들,

그리고 짤막한 막대기들.

이어지는 선생님의 설명.

결과 내용은 내가 엄마와 대화할 때
느껴지는 미묘한 어긋남 그대로였다.

엄마는 별로 새로울 게 없다는 듯
별다른 감정의 동요를 보이지 않았다.

* 독야천진 : 남들이 절개를 꺾는 상황 속에서도 홀로 천진함.
(할머니표 사자성어)

FIN.

요즘 들어 엄마와의 충돌이 부쩍 잦아지니

나 역시도, 어디까지 받아들이고
어디까지 설득해야 할지 모르겠다.

반평생 글을 쓰고 강의를
해온 엄마는 강단에서 늘
빛이 나고 인기가 많았다.
하지만 요즈음 전에 없던
연락이 종종 온다.

나는 큰 문제가 생기기 전에 엄마의 상태를 알렸다.

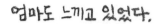

엄마도 느끼고 있었다.
시간이 흐를수록
당신의 시간과
기억의 짜임새가
어그러져가고 있다는 것을.

유진아, 걱정하지 마.

내가 약도 챙겨 먹고

강의 맡게 되면
내 상태를
알릴게.

엄마는 나와 약속을 했고

그 약속을 지켰다.   FIN.

2장

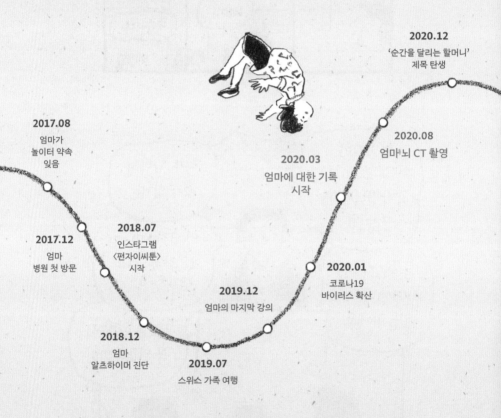

2017.08
엄마가
놀이터 약속
잊음

2017.12
엄마
병원 첫 방문

2018.07
인스타그램
〈편자이씨툰〉
시작

2018.12
엄마
알츠하이머 진단

2019.07
스위스 가족 여행

2019.12
엄마의 마지막 강의

2020.01
코로나19
바이러스 확산

2020.03
엄마에 대한 기록
시작

2020.08
엄마 뇌 CT 촬영

2020.12
'순간을 달리는 할머니'
제목 탄생

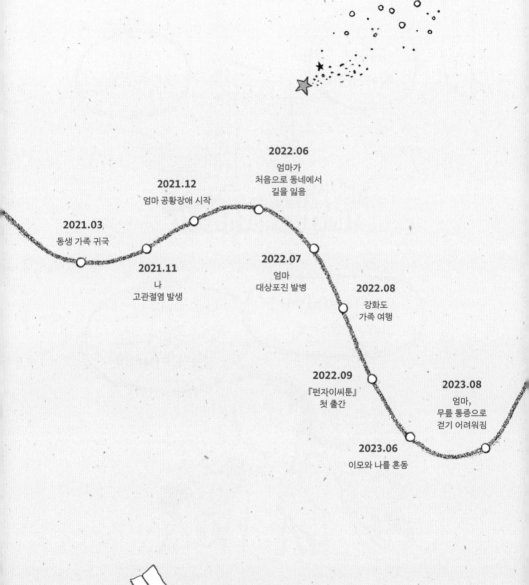

2022.06
엄마가
처음으로 동네에서
길을 잃음

2021.12
엄마 공황장애 시작

2021.03
동생 가족 귀국

2021.11
나
고관절염 발생

2022.07
엄마
대상포진 발병

2022.08
강화도
가족 여행

2022.09
『펀자이씨툰』
첫 출간

2023.08
엄마,
무릎 통증으로
걷기 어려워짐

2023.06
이모와 나를 혼동

냉정하게 현실을 직시하면서도

따뜻한 마음을 가지기는 쉽지 않아요.

제가 전에 글을 쓰고 싶다고 했을 때 농담처럼 놀리셨지만

글을 보내보라고 하시더니 매주 금요일 저녁마다 공부를 도와주셨어요.

아무 대가가 없이요! 그렇게 다듬어진 후 쓴 첫 에세이가 공모전에 당선되었어요!

엄마의 빈 칸들을
채우다 보니
몰랐던 엄마의 삶을
들여다보게 된다.

FIN.

순간을 달리는 할머니

엄마, 혹시라도 스트레스 받으실까봐

이 얘기 드리는 걸 망설였는데 말야.

뭔데 뭔데

해봐, 당장

내가 누가 스트레스를 준다고 받는

그런 친절한 사람이 아니에요.

엄마와의 이야기를 기록하기 시작했다.

FIN.

걱정하지마

기억이란 무엇일까?

엄마, 괜찮아? 걱정되거나 불안한건 없어?

응, 없어.

기억에 걱정까지 통째로 없어져서 괜찮은데?

걱정을 하려면, 시어머니한테 혼난다든지, 친구랑 오해가 생겼다든지 하는게

기억나야 하지 않아?

중요한 건 사회적 역할을 해야 하는 경우인데, 강의는 그만뒀고 애들은 다 컸잖니.

어제 없이 지금에만 존재하는 기분은 어떤 걸까?

괜찮다고 할 줄은 알았지만

곁에서 늘 지켜봐도 쾌활함이 노력처럼
느껴지지 않는다.

FIN.

베스트셀러의 비밀

엄마는 요즘 클레이 만드는
재미에 푹 빠져 있다.

기록을 하다보니 질문이 많아졌다.

젊은 시절에는 실재하는 세상보다, 원하고 바라는 세상이 더 크게 보이잖아. 그래서 이상과 다른 현실의 모습에 분노하기도 하고 의견을 표출하고 행동하지.

실제로 그런 행동들이 세상의 변화를 이끌어왔고.

그런데 나이가 들수록 바라거나 꿈꾸던 세상이 줄어들고 현실이 크게 느껴지잖아. 나를 약간 내려놓고 흐름에 맡기게 된달까.

엄마는 끊어지는 순간들
속에서도 눈부시게 밝고 명쾌했다.
나는 꾸준히 엄마의 순간들을 수집했다.

그러면서 마주한
엄마의 말과 표정들이
나를 안심시켰다.

FIN.

근데 전엔 네 엄마가
하나를 말하면
열을
알았는데

요즘엔 두셋을 아니까
뭐랄까 이제야 약간
보통 사람 같아졌달까.

모든 걸 잊어버려.
나와 방금 먹은 음식도.
방금 나눈 이야기도.

딸깍!

그런데 신기한 건
그 어느때보다
밝아 보인다는
점이야.

115

그런데 들어도 들어도 안 질리고
또 듣고 싶은 이야기도 있어.
내 칭찬하는 부분.
네 엄마가 전엔 그런 말
않고 구박만 하더니

요즘엔 나랑 살아서 재미있었다는
얘기를 자주 하거든.
이런 이야기는 듣고 또 들어도
너무 좋아서, 어떤 땐
내가 이야기를 슬쩍
그쪽으로 유도하기도 해.

FIN.

짝수와 홀수

119

121

FIN.

생각해봐,
사람은 태어나고
자라고 늙고 죽는게
자연스러운 거야.

뇌에 문제가 더
없으면 없는 거고,
새로운 게 발견된다고
고칠 나이도 아니라고.

난 이미 갈때가
지났다, 내 병에
대해 더 알고
싶지도 않아.

너희들이 신처럼
믿는 현대의학
에도 한계가
있어.

병원에 모시고 다니기 위해 숱하게
언성 높이고 근심에 빠지던 지난 시간.
엄마의 생각이 멋지다고 생각하면서도
남아 있는 이들의 마음은 달랐다.
세월이 흐르면서 병을 잘 관리하고 유지하는
것은 중요하다. 하지만 모든 것을 찾아내어
고쳐서 전처럼 '회복' 된다는 것은 불가능한 일.

엄마의 말도 일리 있다. 괴롭히고 싶지 않다.
하지만 막을 수 있는 병이 커질까봐 두렵기도 하다.
무엇이 옳은 결정일지, 우리는 늘 혼란스럽다.

그때 들려온 아빠의 목소리.

여보.

왜

나 병원 안 갈 거니
강요하지 마슈.

결국 마음을 돌린 엄마는

알았어.

어차피 양도도 안된다면

그래, 여보. 나를 위해서라도.

받아볼게.

나에게 살짝 속삭였다.

여. 네 아버지가 의대 안 가서 인류에 큰 공헌을 했다.

네 아버지가 의사 됐으면 얼마나 여러 사람 잡을 뻔했니.

ㅋㅋㅋ

뛰는 엄마 위에 나는 아빠 있다. FIN.

처음 한국 왔을 때 두분 너무 바빴다. 하지만
지금은 거의 집에 계신다. 조용한 집이지만
우리가 찾아가서 시끄럽게 하면 삶이 생긴다.

우리가
현관문
열면

저희 왔어요오~

장모님
눈에는

샤랄라

얘만 나타난다.

이런 장면은
익숙하다.
웰컴 세리머니
너무 길어져서

아내가 불평하면

그제야
장모님 눈에 우리
들어간다.

장모님 기억 약해졌지만, 내가 놀리거나
억울하게 한 건 진짜 잘 기억하신다.

보통 길 막으시는 건 장모님이다.
내가 들어갈 수가 없다.

더 하고 싶어진다.

작은 것에 쉽게 감동하는 사람 만날 수 있다.
나는 장인어른 기쁜 모습 중독이다.

알지알지

가끔 막걸리 한 병씩 사드린다.
장인어른께 식단조절이 필요하지만
행복도 필요하기 때문이다.

장인어른댁에는 다양한 존재들이
사이좋게 지내고 있다.

마리아님

부처님

마트료시카

베트남 여인

달마대사

그리스로마 신

이집트신

그밖에 이름을 알 수 없는
수많은 토속신들, 그리고

자기자신

그 옆에 장인어른의 신

사실난 결혼전부터
눈치챘다. 웃음과
이야기로 가려져
있지만 그 뒤에는

생명다양성이
존중받고 있다는 것을.

뒤뜰 화단에는 길고양이
가족이 사이좋게 산다.

테라스 구석구석에는
거미·개미·새 등 다양한
곤충과 세균들이 ecosystem
을 이루며 살아가고 있다.

잡초가 화분에 살고
작은 연못에는 애완모기가
살며 과일 포장재는
동자승의 후광이 된다.

하지만 나는
고무장갑
낀다.

나 있는 곳에
적어도 세균
살 수 없다.

애네들이 내 부하들이다.

그리고 장모님, 보통 한국 장모님들은 사위가 청소하면 "아이고, 이러지 말게, 우리 사위, 내가 하겠네." 라고 한다. 하지만 우리 장모님은 한국 사람 아니다. 청소하는 나를 발견하면 이렇게 말씀하기 때문이다.

신데렐로?

아마 이탈리아 사람인 것 같다.

...

하지만 신데렐라는 이미 여자이기 때문에 '-ㅗ'를 붙인다고 갑자기 남자 되지 않는다.

그럼에도 불구하고 내가 신데렐로라면

애는 신데렐라.

웃차
웃차

애는
신데렐라 - 또.

내가 청소하면 두분 열심히 움직이시지만,

그냥 아래쪽에 있던걸
위쪽으로 옮기고 위쪽에
있던걸 아래쪽으로 옮기기
때문에 그걸 청소라고
보기는 어렵다.

그저 위치 에너지가 바뀔 뿐이다.

그렇게 기쁨 슬픔 함께 나누며
우리는 가족이 되어가는 것이다. FIN.

지금 할 수 있는 일

덤덤해지려고
노력하지만

그러기 어려울 때도 있다.

반복
반복
반복

부재중 전화
엄마(114)
엄마(6)
파콘(1)
엄마(7)
○○○(1)

세월이 부모님의
건강을 하나둘씩
회수해가는 것을
가까이에서
지켜보는 일은
쉽지 않다.

하지만 역시, 쿨해지는 것
외에는 별 도리가 없다.

우리가 네
아버지 팔순
때 뭐했니?

이따 가서
사진 보여
드릴게.

온 가족이
당진에서 모였지.

거기에 나도 있었니?
기억에 없네.

나는 잠시 다른 이야기를
미뤄두고

엄마 아빠의
이야기를
기록한다.

그것이 얼마나 빠르고 덧없이 사라지는지
경험하고 있기 때문에.

부모 된 나이에

엄마 아빠 이야기를 늘어놓고
있는 것이 때때로 멋쩍게 느껴지지만

나는 그때 그때 내가 할수 있는 일들 중 가장 하고 싶은 일을 한다.

그리고 이것이 지금 내가 할수 있는 일이다.

오늘도 이야기를 나누고 기록한다.

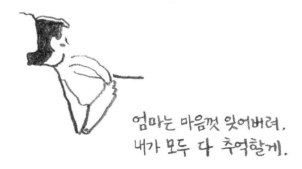

엄마는 마음껏 잊어버려, 내가 모두 다 추억할게.

FIN.

3장

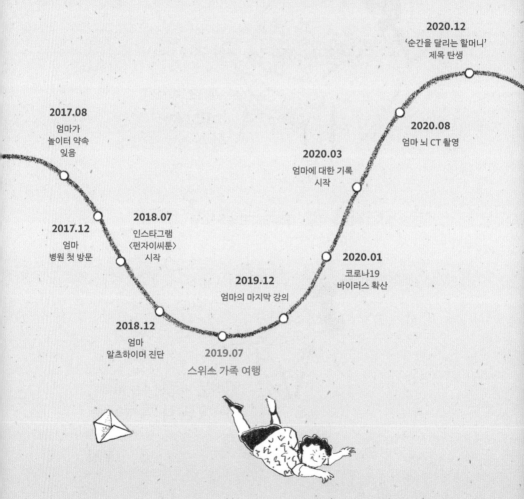

2020.12
'순간을 달리는 할머니'
제목 탄생

2017.08
엄마가
놀이터 약속
잊음

2020.08
엄마 뇌 CT 촬영

2020.03
엄마에 대한 기록
시작

2017.12
엄마
병원 첫 방문

2018.07
인스타그램
〈펀자이씨툰〉
시작

2020.01
코로나19
바이러스 확산

2019.12
엄마의 마지막 강의

2018.12
엄마
알츠하이머 진단

2019.07
스위스 가족 여행

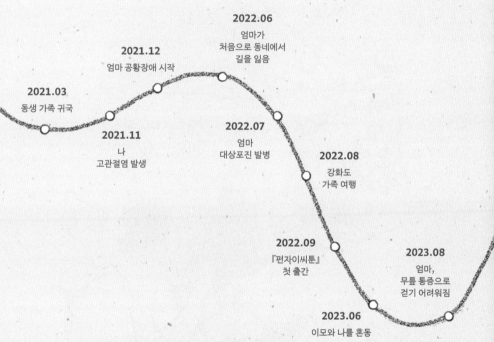

2022.06
엄마가
처음으로 동네에서
길을 잃음

2021.12
엄마 공황장애 시작

2021.03
동생 가족 귀국

2021.11
나
고관절염 발생

2022.07
엄마
대상포진 발병

2022.08
강화도
가족 여행

2022.09
『펀자이씨툰』
첫 출간

2023.08
엄마,
무릎 통증으로
걷기 어려워짐

2023.06
이모와 나를 혼동

변해가는 풍경

이국적이고 화려해 보이는

해외생활 이면에는

이방인으로서
겪게 되는
아픔과 역경도
있다.

사람들은 끊임없이 이동한다.

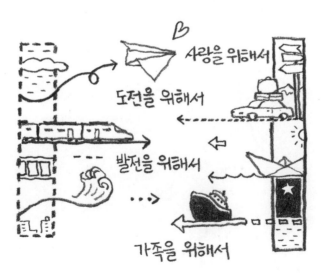

사랑을 위해서

도전을 위해서

발전을 위해서

가족을 위해서

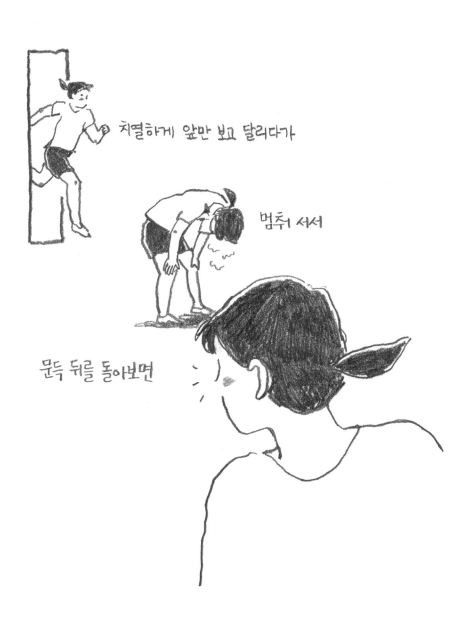

치열하게 앞만 보고 달리다가

멈춰 서서

문득 뒤를 돌아보면

어느샌가 변해 있는
많은 것들.

그렇게 모든 것이 변화한다.

엄마 없이는 아무것도 할 수
없을 것 같았던 작은 아기가

어느 순간 힘차게 뛰어다니는
어린이가 되어 있고

큰 지붕이자 산 같던 나의 어머니는

가장 가까운 일부터 잊기 시작했다.

FIN.

163

오빠의 초대

요들레이 요들레이
요후흐 ~♩

어머니의 소식을 전해들은 오빠네가
스위스에서 연락했다.

더 늦기 전에
부모님과의
추억을
만들고자

어머니이ー!!!
아부지이ー!!!

한 달간의
초대 계획서를
제출한 것이었다.

삶은 늘 변화하고
그 방향성을
예측하기 어렵다.
할 수 있는 것은
현재에 충실하기.

환경이 바뀌자 엄마는 혼란을 겪었지만

라임을 맞추는 데에는 지장이 없었다.

지금 여기가 어디안지쯤이야 모른다고 해도

순간을 달리는 할머니에게
대답 못할 질문은 없었던 것이다.

FIN.

야심찬 계획

처음 스위스에서
어머니의 소식을 전해 들은
오라버니는

효도
하리라

해야할일
1. 멋진풍경
2. 맛집
3. 용융량
4. 리기산
5. 서커스
6. 사무실
7. 여행
8. 클래스

타오르는 효심으로 여행계획을 짠 바 있다.

그러나 이 효도 계획을 실행함에 있어서
몇가지 난관들이 있었다.

그 난관들은 대부분 효도 당하는 분의
비협조적인(?) 태도에서 비롯되었다.

그러나 오빠의 머릿속에는
예상과 다른 엄마의 반응까지
예측되어 있었고, 결국 오빠의
계획은 실행되었다.

엄마의 무드 파괴 본능에 아랑곳 않고

오빠는 자신만의 무드를 이어나갔다.

의도치 않은 국내 회고 투어가 이어졌다.
좋은 것을 보면 사랑하는 것이
떠오르게 마련인가보다. (?)

어쩌면 오빠는 이 여행을 통해
'저는 잘 살고 있어요'라고 말하고 싶었고,
엄마는 '나는 괜찮다'라고 말하고 싶었던 건 아닐까?

FIN.

오드리 헵번

엄마가 영화 「로마의 휴일」 좋아하셨던 거 기억나?

오드리 헵번 나오는 흑백영화?

당연하지! 나도 엄마랑 여러번 봤는데,

그럼 다음 목적지는 여기로 하자. 모로주의 작은 마을 톨로체나즈.

오드리 헵번이 말년을 소박하게 보낸 곳이야.

오드리 헵번이 스위스에 살았어?

스위스 모르주 톨로체나즈

아빠, 다른 배우도 아니고
무려 오드리 헙번이

말년을 보내고
잠들어 있는 곳인데

탐정놀이

195

소설가의 날카로운 질문이 던져졌다.

그러자 '나는 뉘슈'라는 질문으로 한평생
내공을 쌓아온 철학자는 신중히 답을 찾기 시작했다.

늘 사랑의 명답을 찾아내는 철학자였다. FIN.

인생이란

엄마. 내가 '인생은 뜨거운 태양을 안고 밧길을 걷는 것'이라고 쓰고 싶은데

너무 유치해?

자기가 느낀 걸 표현하는데 유치한게 어딨어?

찰리 채플린은 인생이 가까이어서 보면 비극이고, 멀리서 보면 희극이라고 했어.

옛기억은 이렇게 선명한데

FIN.

달리기를 멈추다

4주가 순식간에 지나갔다.
어디까지가 오빠의
계획이었을까?

자신이 이 먼 곳에서
경험한 아름다운 것들을
모두 전해드리려는 듯

멈춰 있는
수없이 많은 차원의
순간들을 우리가
쉬지 않고
달리고 있었는지도
모르겠다.

하지만 엄마는
어느 순간부터
달리기를 멈췄다.

바뀐 환경 속에서
엄마의 변화를 또렷이 느낄 수 있었다.

FIN.

엄마의 최근 기억이 사라지고 있다는 소식을
해외에서 들은 형제들의 마음은 애달팠다.

엄마, 뜨끈한
전복죽 보내
드릴까요?

애들이
이만큼
컸어요.

어머,
벌써!

오빠, 스위스

동생, 미국

그때 우리 레고
만들다 싸워서
엄마한테 쫓겨났잖아.

엄마가 화끈하게
빗자루로 레고 쓸어버렸어.

ㅋㅋㅋ
#

무서 무서

ㄱㄱㅋㅋ

그날 나만
분을 못이겨서
3m 가출
했잖아.

먹고 사느라 한동안 연락이 뜸했던 형제들은
엄마에 대한 오래된 기억으로 이야기꽃을 피우고

206

엄마는 우리가 기억하지 못하는 이야기를 들려준다.

그렇게 오래된 이야기를 생생히 묘사하는 엄마는,
한달간 스위스에 다녀온 일을 기억하지 못한다.

아빠는 우리들의 옛사진을
들여다보며 나지막이
이야기해본다.

FIN.

4장

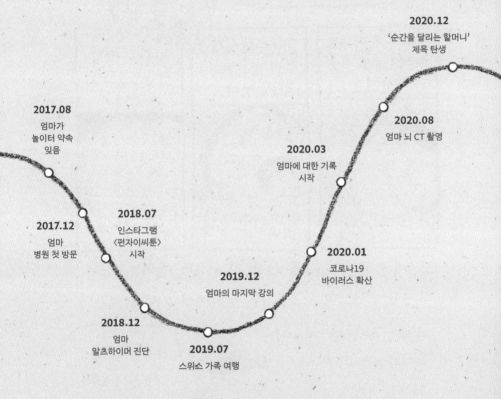

2020.12
'순간을 달리는 할머니'
제목 탄생

2017.08
엄마가
놀이터 약속
잊음

2020.08
엄마 뇌 CT 촬영

2020.03
엄마에 대한 기록
시작

2017.12
엄마
병원 첫 방문

2018.07
인스타그램
〈펀자이씨툰〉
시작

2020.01
코로나19
바이러스 확산

2019.12
엄마의 마지막 강의

2018.12
엄마
알츠하이머 진단

2019.07
스위스 가족 여행

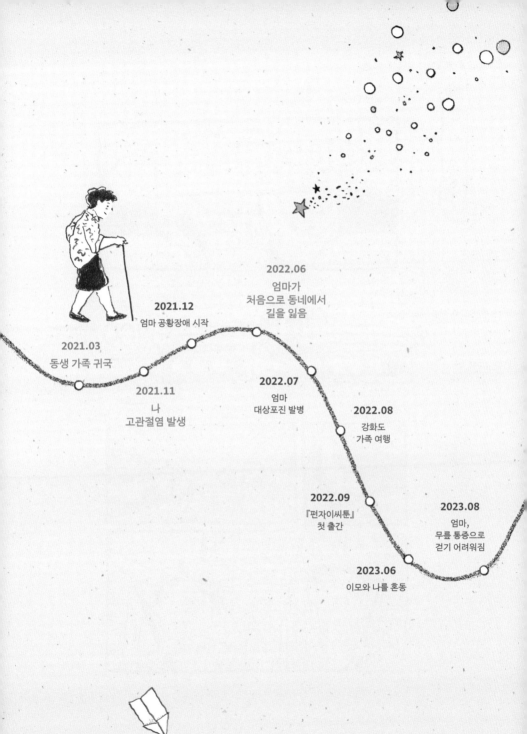

2022.06
엄마가
처음으로 동네에서
길을 잃음

2021.12
엄마 공황장애 시작

2021.03
동생 가족 귀국

2021.11
나
고관절염 발생

2022.07
엄마
대상포진 발병

2022.08
강화도
가족 여행

2022.09
『펀자이씨툰』
첫 출간

2023.08
엄마,
무릎 통증으로
걷기 어려워짐

2023.06
이모와 나를 혼동

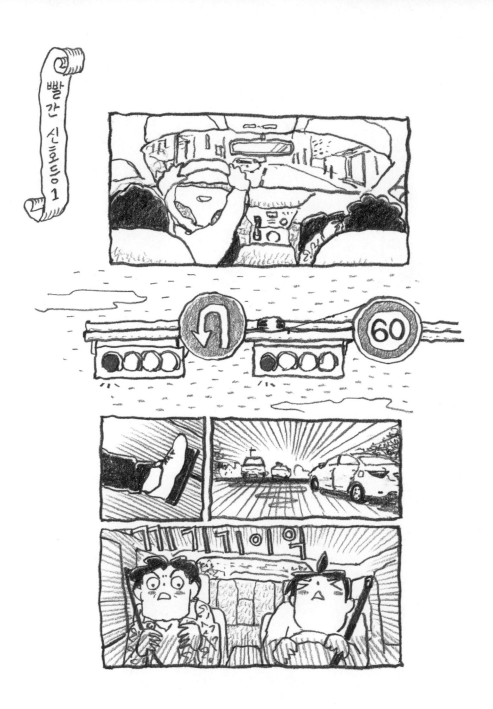

무안해할 거 없다. 원래 소도 빨간 불을 보고 돌진하잖니. FIN.

지난 주, 엄마가 병원 앞 도로변에 차를
아무렇게나 대놓고 문도 열어둔 채 자취를 감췄었고,
가방은 집 앞 주차장 한복판에서 발견되었다.

아빠가 한참 찾아헤맨 후에야 엄마가 집으로 돌아왔다.
엄마는 무슨 일이 있었는지 기억하지 못했다.

5:20 pm
스위스

12:20 am
서울

11:20 am
미국

엄마는 더이상
운전을 하면
안 된다.

FIN.

같은 나이였다면

엄마는 지난달에
이메일 보내는 법을
깜박하더니

...

이번주에는
'이메일'이라는 단어를
깜박했어.

난 잠깐
상상해봤어.

엄마가 나의 보호자가 아니라

내가 엄마의 보호자가 아니라

같은 나이였다면 어땠을까?

많은 일들을 함께 꾸며 냈을 거야.

작업 구상을 명분으로
훌쩍 모험을 떠났을 수도 있어.

엄마를 '애령아'라고 부르며 좋아했던
많은 친구들처럼, 나도 웃기 위해 엄마를 찾았겠지.

그리고 다혈질인 엄마는

나의 굴곡 없는 다정함에 기대고
폭탄처럼 웃는 모습에 즐거워했을 것이 틀림없어.

내친 김에 내가 만약 짠이 나이라면
어땠을까도 생각해봤어.

생계를 걱정하느라 마음이 바쁘지 않겠지.
여러가지 모양의 돌멩이들을 찾아 줄 맞춰
늘어놓는 것이 지루하지 않았겠지?

각자 심심했던 그 시간들을
함께 놀고 다투고

화해하며 보냈겠지.

그렇다면, 엄마와 나, 그리고 짠이가 모두
또래였다면 그건 또 어떤 모습이었을까?

우리가 같은 시절을 주욱 함께 보냈다면

그 모습은 또 어땠을까?

하지만 어쩌면 세대가 엇갈린 덕에
우리가 서로의 미숙한 점들을 돌봐주고
어려운 시간들을 함께할 수
있었던 거겠지.

새삼스레 지금 친구의 자리에 있는
이들의 존재가 고맙고 귀하게 느껴져.

FIN.

결국, 나에게 그들이 있어서 다행이고,
그들에게 내가 있어서 다행이라고 생각해.

내가 여기에서
요리하고 있을 땐
즐겁게 집중하고
있는 거라구.

그래서 십 분이면
요리가 끝날 건데
엄마가 그냥 두고
집에 가란 말씀을
열 번은 더
하는 거야.

피곤하니까
열이 확
나더라고,

순간적으로
소리쳤어.

시작한 건
끝내고
갈 거라고!

그만 좀
하시라고!

225

그랬더니 엄마는
내 고집이 너무 세대.

난 옷을 집어입고
박차고 나가면서
소리쳤어.

엄마가 고집이
센 거라고는
생각
안해 봤어?

알았어,
당장 집에
가면
되잖아!

용서는 무슨 용서.

그렇게
한바탕 하고
집에 가면서
생각해보니

엄마가
집에서 파콘이랑
짠이가 날
기다릴까봐
걱정하신 것
같더라고.

파콘이랑 짠이는
알아서 잘
한다고
했잖아.

나보다 요리도
잘한다고.

FIN.

끝내지 못한 말

엄마, 아까 할머니랑
싸운 거야?

아 그게…

요즘 할머니 기억이
약해져서 엄마가
도와드리고 싶은데

할머니는 엄마
도움을 받는 거에
익숙하지 않으셔서

서로 고집이 세질
때가 있어.

230

할머니는 앞으로 점점 더
많은 것들을 잊어버리실 거야.
그래서
엄마는.

할머니가 엄마를,

할머니가 엄마를…

··· 할머니가 엄마를 알아보실 수 있을때
더 자주 만나고 더 많이
이야기 하고 싶어.

FIN.

어린 마음이 먼저 마중을 나갔다.

엄마. 막내네 가족이
십 년 만에 귀국했잖아.

파콩도 짠이도 가족이 불어난다고
잔뜩 설렜어.

짠이가 태어난 후 처음 만난 사촌 형제들과
마치 매일 보던 사이처럼 붙어 노는 걸 보며
엄마도 미소지었지.

아이들의 성화에 엄마는 솜씨 좋게
공주님을 아홉 번, 열 번 그려내기도 했잖아.

장모님. 남자도
그릴 수 있으세요?

또
그려 주세요!

우와

아빠가 인생의 후배가 되어 돌아온
막내 철학자와 기분좋게
해후하시며

그래도 너무 최선을 다하지 말고
차선을 다하라고 강조하실 때

자신이 너무 최선을
다 하고 있다고 생각하면
자기도 모르게 자기가
옳다고 생각 하게
되고

독선에 빠지면
사람을 잃을 수 있으니
늘 귀를 열어.

한 템포 낮춰 어떤 상황에서도
여유와 유머를 잃지 않도록.

말씀이 길어지자 엄마는 특유의 순발력으로

그리고 아이들이 떠나기 전에
엄마를 한 명씩 안아줬을 때

엄마가 가장 기대했을 시간,
중요하다 여겼을 시간이 담기지 않고 지나가버렸다.

엄마의 기억이 서서히 사라져간다는 건 알았지만,
정확히 어느 정도인지까지는 알기 어려웠다.

엄마는 방으로 들어가

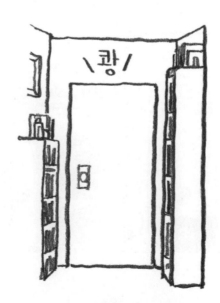

굳게 문을 잠갔다.

엄마의 흐느끼는 소리는
우리의 심장 떨어지는 소리.

엄마의 기억이 삼십 분 이상 지속되지
않는다는 것을 알고 있었다.

하지만 반복되는 패턴과 웃음을
삶이라 믿으며 지냈다.

엄마는 추리력과 임기응변을
동원하여 현재의 순간에만
반응하며 지내온 지 꽤 오래
되었던 것이다.

알고 있지만 알고 싶지 않았는지도 모르겠다.

그럼 나는 누구랑 이야기하고 있었던 걸까? 다른 일과 만남들을 미루면서 본가에서 보내려 애쓴 시간들은 어디로 가버린 걸까?

약 사십여 분 만에 본가로 돌아왔는데

엄마가 밝게 웃으며 나를 새로 맞이했다.

기억 따위, 의미 따위. 난 그냥 엄마가 유쾌하고 밝은
모습이 좋다. 어쩌면 꿈 같은 풍경. 늘 보던 자리에서
엄마를 만날수 있다는 것.

사라진 시간

따리리리

여보세요?
엄마?

얘, 네 동생 전화번호가
바뀌었니? 연락이 안 되니
무슨 일이 있나 해서.

어? 자주
연락하던데?

엄마가 생각
하시기에
만난 지 얼마나
된 것 같은데?

한 일 년?
혹시 힘든 일이
있는데
말 못하고

혼자 고민하고
있는 게
아닌가 해서

막내네는 그저께도 집에 왔었어.

엄마는 언제부터인가
새로운 추억을 만들 수 없다.

내가 아무리
설명하고 사진을
보여드려 기억을
채우려고 해도
마치 그림의 떡.

매번 재회의 기쁨이 크고 만남이 즐거워도
오래 쌓인 그리움이 해소되지 않는다.

그렇지만 그런 감정조차 수분 이상
지속되지 않았다.

다들 배가
고플 텐데,

내가 밥을
안쳐놨나?

엄마는 때로는
시간의 흐름으로부터
자유로워 보였고

때로는 '현재'라는 순간에
갇혀버린 것처럼 보였다. FIN.

서로가 사랑하여 선택한 부부도 마음이 맞기 어렵고,
자기 배로 낳은 자식도 속을 알기 어렵다는데 하물며
형제들이 데려오는 배우자들까지 모여 손발이 맞을 확률은?

각자의 독립과 다름을 인정하지 못한다면 평화는 없다.
모든 것은 나의 기준에 의한 나의 선택이다. 그러니까
'그럼에도 불구하고' 하기로 마음 먹었다면 나 자신을
위해서 하는 것이다. 나만의 방식이 옳다고 생각될 때가
이해의 폭이 가장 좁아졌을 때이다.

FIN.

병세가 진행될수록 이상과 현실은 달랐다.

엄마, 이제 전문가의 도움을 받아야 해.

아니야. 남의 도움은 필요 없다. 내가 멀쩡한데.

도움을 약간 받는 게 나를 도와주는 거라고!

너도 올 필요 없다. 내 살림에 왜 남의 도움이 필요하니?

친정 살림은 크고 벅찼다. 그리고 적재적소에 도움과 조언을 주던 엄마는 내가 처한 상황을 이해하기 어려운 상태에 이르렀다.

258

엄마 아빠 모두 간병이 필요할 정도로
건강이 악화되었다.
그러나 엄마의 기억은
여전히 강의를 다니며
요리를 하고 주위를 돌보던
건강한 시절에
머물러 있었다.

어떻게 해야 하지?
파콘에게 빚지고
은혜입는 느낌이
드는 것에 어깨가
무거워
졌다.

형제들도 각자
자리잡고
아이를 키우느라
누가 더랄 것 없이
어려운 상황이었다.

일상이 흐트러지고 생활비가 빠듯해졌지만 평소
형제들과 이런 이야기를 나누어 본 적이 없었다.

형제들에게 하소연하고
화를 내는 빈도가

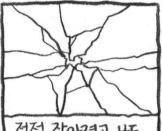

점점 잦아졌고 나도
이런 내가 싫어졌다.

난 원래 잘 웃는 사람이야.
조용하고 예의도 바르지.

하지만 쥐도 궁지에
몰리면 고양이
코를 물 수 있어.

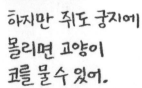

…넌 착하잖아

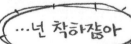

원래 딸들이 부모 곁에서…

다정하지만 후덥지근하고
끈적한 공간. 엄마였다면
나처럼 하지 않았을 텐데.
이런 상황에서 내 입장을 헤아.
리고 도와야 하는 것은 파콘보다
형제들이라는 생각이 가시지
않았고, 다정한 위로와
걱정 사이에서도 해결책
빠진 대화가 반복되었다.

다들 순수하고 원론적인 이야기만 하고 있어.

평소 엄마가 소리 없이 처리하던 일들이었다.
모두에게 이런 상황은 처음이라, 마음이 아픈
것과는 별개로 다가오는 변화 앞에서 형제들 간에
어떻게 역할을 나누고 대처해야 하는지 몰랐다.

누가누가 더 힘든가
대결하자는 거야? 모두가 바쁘고
긴박한 상황인거 알지만 당연히 다 내
몫인데 나눌 같은 거라고 생각하지마. 나도 한
일이 있는데 따가하고 있고, 나도 믿고 하루에 몇 이주
인 난떠이 일고, 엄마 ○○이 간절히 필요한 아기가
있다고! 엄마 의식이 흐려지고 외부의 도움이 필요해지는
시간을 늦추기 위해 따사랑으로 간국하는 것이 보이지 않아?
시키지 않으면 못해야 할지 모르겠다고. 빵가 ○○○가
따로 ○○에서 사랑만 원누이 모두 보고만 있겠다고? 내가
말하니까 그러는 거처럼 상황이 아는척하면 한줄 알아? 엄마
아빠가 ○○로 편창하여도 근라나어 때문의 누우의 도움을
받을수 없고 범○이 한 망고시간 가누어로 연차를 너는
그걸 그끼를 따가해야 하는거야. 안전장치도 없이 빵가
흘러가는 새미 역험하고며 만훓고 흘가는새미 집
값은 꾹둥해서 우리로 삼 가를 찾아야 하는거야
○○이 입에서 할수 있는 맘이 없다며 기껍
하고 쓰니거새도 ○○○○에 형제트랑
이라고 받을 생각은
허벼리고 눈물
참아

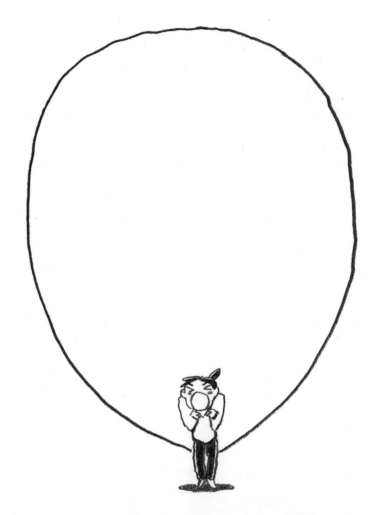

부당하다는 생각과 함께 분노가 점점 부풀어 올랐고,
이 문제 만큼은 엄마와 의논할 수 없었다.

내가 이 문제로
힘들어 한다는 걸 알면
엄마도 속상할 텐데.

동생도 딱하지, 유학생활
십여 년 만에 금의환향 했는데,
이제 아무리 열심히 찾아가도
아이들도 아내도 엄마 기억 속에
들어가기 어려워졌어.

연락 오면 반가웠던 관계인데,
이제 핸드폰에 뜨는 내 이름 석자는
근심과 부담의 전조가 되어버렸어.

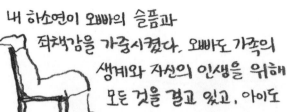

내 하소연이 오빠의 슬픔과 죄책감을 가중시켰다. 오빠도 가족의 생계와 자신의 인생을 위해 모든 것을 걸고 있고, 아이도 스위스에서 고3 이잖아.

그렇지만 이 상황을 파콘에게는 어떻게 설명하지. 아빠와는 생활비 의논도 어려워.

엄마였다면 어떻게 이 상황을 돌파했을까? 엄마였다면.

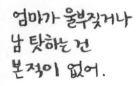

엄마가 울부짖거나 남 탓하는 건 본적이 없어.

266

2권에서 계속…